당부

당부

신경현 시집

한티재

차 례

제1부

제2부

제3부

제1부

굽은 등

언젠가 그 등에 업혀
잠들었던 날 있었지
밤늦게
까무룩 잠이 들 때
먼 길 가다 지쳤을 때
그 등에 업혀

그러나
그 등
어떤 표정으로
나를 바라본 것인지
알 수 없었지
내 마음의 키가
너무 작아서
수시로 보채기만 했었지

걸어 걸어가도
깜깜한 밤길 같은 무섬증을

그 등에 업혀
무사히 건너왔지
만져보면 분명,
묵직한 통증 한 줌
잡힐 것 같은
다시 입을 수 없는
낡은 작업복 같은
주름 잡혀 쓸쓸하게
굽은 등

성명서

거기,
가시밭길 선언이 있고
젖은 눈물이 쓰러져 있고
비판의 칼날이
서로 부딪치며 불꽃을 튀기고
불타는 적개심이
피 끓는 분노가
뚝뚝 검붉은 피를 흘리고
희망도 은근슬쩍
얼굴을 내비치고
때론
담배 연기 자욱한 골방에
아무렇게 나뒹굴던 구호들이
널브러져 있는
결국
말들만 무성한 가지를 뻗어내고 있는
결국
의지만 풍성히 뿌리를 내리고 있는

성명서

몸들

작업복을 갈아입을 때마다
보이는 상처가
똑같다

부황 뜬 등
맨소래담이 묻어나는 어깨
관절과 관절 사이
넘나드는 통증들

작업복을 갈아입을 동안
서로를 힐끔 바라보지만
몸이 내는 신음소리 말고
다들 별 말이 없다

부러 먼 산을 보는
몸들,

담배를 입에 물고 나서야

짐짓 서로의 안부를 묻는다
어제 다 끝내지 못한 공정에 대해서
작업 중 일어난 사소한 다툼에 대해서
이런저런
말들을 한다
목구멍을 올라오지 못하는 고통들
자꾸
미끄러지고

그 남자

코뼈가 부러지고 이빨이 부서지는
곳에서
바람결에 흐드러지게 피어나던
꽃나무의 잎사귀는 무사할까
꽃나무 아래 내려앉은 햇살은
얼어 죽지 않고 제대로
겨울을 건너왔을까
자주 비에 젖었고
자주 바람에 무너져 내리던 시간 속에서
불을 밝힌 채 끝나지 않고 이어지던
열두 시간 불안한 심야노동은
집으로 돌아가 지쳐 쓰러져서도
여전히 이어지고 있겠지
이름을 묻고 나이를 묻는 경찰서 조사실,
무심히 들리는 타이핑 소리에
잠시 딴 생각을 하던
그 남자
여전히 풍찬노숙의 거리에서

구호를 외치고 있을까
해고통지의 그늘을 안고 살아갈
그 남자
어쩌면
밥을 먹다가도 구호를 외치다가도
사실은 다 때려치우고 싶었던 마음이
문득 더 많이 피어나진 않았을까
세상의 친절이 와 닿지 않는
외롭고 쓸쓸한 곳에서
세상의 불친절이 먼저 와서
멱살을 잡고 흔드는 곳에서
어제와 똑같이 경찰들에게 사지가 들린 채
끌려 나가는
그 남자

모기

모기는 얼마나 작으냐
모기 소리는 또 얼마나 작으냐
여름 밤,
잠은 오지 않고
더위에 지친 몸은
모기보다 얼마나 큰 것이냐
하루를 견디기 위해
구르고 구른 숨소리는
모기 소리보다 얼마나 큰 것이냐
가망 없는 희망을 부르며
부질없는 망상을 떠올리며
힘겹게 몸을 뒤척이는 몸을,
모기는
물어뜯는다
물어뜯어도 반응이 없다
용맹정진의 비행으로
밤새
어둠을 들쑤시며

돌아다니는
모기는
작기는 작은 것이냐
내 패배한 숨소리보다
보잘것없는 것이 맞느냐

맨소래담을 바르는 밤

맨소래담을 바르는 밤
비가 오는지
귓속으로 들어오는 소리들은
젖어 있고
결리고 쑤신 한숨이 내려와
앉아 있다

맨소래담 냄새는
아침이 와도
좁은 방안을 떠나지 못하고
다시
방안의 어둠을 더듬으며
땀 냄새와 피곤을 짊어진 한 남자의
앙상한 몸뚱이와 만날 것이다

다가구 주택 단칸 셋방이
뱉어내는 기침 소리들이
들려오는 밤

쉽게
잠이 오지 않는 밤

울지 않는다, 나는

울지 않는다, 나는
지나가는 바람에 들키지 않도록
마른기침을 삼킬 뿐
두둥실 뜬 채
서 있는 봄의 나무,
그늘 아래
잠시 눈길을 내려놓을 뿐
나는, 울지 않는다
뿌연 불빛과 어둠이 웅크리고 있는
뒷골목에서도
울지 않는다
퉁퉁 부은 눈으로
봄밤의 부러진 목련나무를
바라볼 뿐

눈물

가까이 와서 빛날 때 그것은
멀어져갈 때 쓸쓸해지는 그것은
미세한 떨림이 손으로 전해질 때 그것은
부딪힐 때마다 불꽃을 피우는 그것은
노래가 되지 못하는 말들의 울림이
심장으로 가서
낯선 슬픔으로 둔갑하고 마는 그것은
외진 오후의 거리를 헤매고 있는
먹먹한 얼굴의 그것은
때때로 울고 있는 사람이
이야기의 처음과 끝에
우두커니 서 있는 그것은
오가는 모든 길 위에서
한 번은 만났을 것만 같은
솟아올랐다가
서서히
식어가고 마는
그것은

세한(歲寒)

갈 데도 없고 오라는 데도 없는 시간
밤은 계속됐다
취하지 않는 술을 마시며
다들 별 말이 없다
윙윙거리는 바람을 불러
말이라도 붙여보고 싶었으나
언제나처럼 바람은 지나갈 뿐
얼마 남지 않은 대선이며
세계적 경제위기에 대해선
뭐라 할 입장도 아닌지라
자꾸 술잔만 채우고 있다
술자리를 지키고 있는 담배 연기 사이로
누군가의 죽음에 대해
누군가의 암 투병에 대해
하얀 입김과 함께 터져 나온
한숨이 선명하게 빛났다
쌓이지도 못하고 흩날리지도 못한
눈들을 머리에 이고 있던

말라비틀어진 나무는
어디서 견디는지 궁금하던
밤

세한(歲寒) · 2

산골로 가는 버스는
멈추는가 싶더니
다시
덜컹거리며 천천히 달린다
잔기침을 하던
늙은 부부는
말없이 차창 밖을 쳐다보고 있다
쌓인 눈들이 흩날리는지
때때로 밖은 뿌옇게 흐려지고
점점이 날리는 눈을 맞으며
새들이, 아직 죽지 않은 새들이
가지 끝에 앉을 새도 없이
날아가고 있었다
돌아와도 반길 이 하나 없는
떠도는 마음들을
작은 부리에 물고서
푸드득, 까마득한 하늘을
날아가고 있었다

모닥불

불이 붙은 나무는
뿌옇게 연기를 풀어헤치며
탄다, 타면서 나무는
얼기설기 모여서 모닥불이 된다
찌그러진 드럼통 속에서
삼동(三冬)의 추위를
태우고 있는 모닥불 곁에서
못이 박힌 나무같이
배고픔을 대못처럼 박아 넣은 사람들이
메마른 입술로 훅훅 입김을 내뱉는다
어둠이 사라지지 않은 하늘로 올라가는
타닥거리는 붉은 나무의 울음소리
불이 붙은 나무는
탄다, 타면서 온몸으로 타면서
길고 긴 겨울을 건너간다

간다, 경주 감포

우여곡절 많은 시대를 건너가던 사람들
모여서 경주, 감포 간다
감은사지 석탑이 있는
잔잔하고 부드러운 들을 지나
경주, 감포 간다
측정할 수 없는 칠십팔만 년의 시간을
버틴다는 방폐장을 지나
간다, 경주 감포
목련나무 그늘 아래
언젠가 한 번은 서 있었을
그를 떠올리면서
경주, 감포 간다
하얗게 부서지는 파도 소리
까맣게 쌓이고 있을
경주, 감포 간다
소주와 마른 오징어를 들고 가는 마음이
추억보다 슬픔 쪽으로 기울어 있는 사람들
가끔, 떠나간 친구들 소식과

소식 끊긴 친구들의 안부를 물어보면서
간다 경주, 감포
무사히 겨울을 이겨낸
꽃들과 푸른 잎들의 이름을 불러보면서
긴 한숨 소리 들으러
간다, 경주 감포

칠십팔만 년

경주 방폐장의 핵 쓰레기는
칠십팔만 년이 지나도 사라지지 않는다
그러나,
칠십팔만 년은
인간의 영역이 아니다
칠십팔만 년은
신의 영역도 아니다
칠십팔만 년은
인간이 견딜 수 있는 고독의 시간도 아니다
칠십팔만 년은
인간이 그리워할 수 있는 시간도 아니다
칠십팔만 년은
인간이 울 수 있는 시간도 아니다
쌓이고 쌓인 역사의 퇴적물도
칠십팔만 년은 견디지 못한다
새들도
칠십팔만 년은 날아오르지 못한다
뿌리와 가지를 뻗쳐

지상의 따뜻한 그늘을 만들었던 나무도
칠십팔만 년은 서 있을 수 없다
고정된 모든 것들도
칠십팔만 년은 건널 수 없다

새가 날아간 쪽으로

새가 날아간 쪽으로
바람이 불었고
눈이 내렸고
새가 날아간 쪽으로
깜깜한 밤이 왔고
반짝이는 별들이 떴고
새가 날아간 쪽으로
기침 소리
멀리 흩어졌고
새가 날아간 쪽으로
다리를 건너는 사람이 있었고
다리 아래 깊은 물소리가 들렸고
새가 날아간 쪽으로
희미한 가로등이 있었고
가로등 아래 서성이는 그림자가
있었다
새가 날아간 쪽으로

깊어 깊어가는 가을

노인들, 반백이거나 등이 굽었거나, 흙물 든 몸빼 바지에 새마을 모자, 며칠 사이 수척해진 얼굴들, 기껏 논 몇 마지기거나 손바닥만 한 밭고랑이나 일구며 살아왔을, 노인들, 칠십은 예사고 팔십은 기본인, 노인들, 잠도 못 자고 아니 잠도 안 자고, 오들오들 떨면서, 불침번을 서고, 팔자에도 없는 투쟁을 하는, 밥도 못 먹고 아니 밥도 안 먹고, 몸싸움을 하다가 쓰러지는, 고혈압과 당뇨와 저혈당, 쭈글쭈글한 몸들, 탈진하고 실신하고, 멍한 눈으로, 꺽꺽 목구멍으로 눈물을 토하는, 하늘 위로 끊임없이 헬기가 뜨고, 삐라처럼 뿌려지는 국가의 선무방송, 가을이, 깊어 깊어가는 가을이, 붉게 물들기 위해, 더욱 맹렬하게, 경찰들과 공무원들, 포크레인을 앞세우고, 천막 곁에 걸어 둔 밧줄, 죽기 위해 파 놓았다던 구덩이, 무사할까, 다들,

제2부

당부

오래 보아 두거라
해가 뜨고 해가 지는 돌각담 아래
무심히 불어오는 바람의 숨소리를
층층이 쌓인 다랑논의 이마를 쓰다듬는
쭈글쭈글한 생의 허리 굽힘을
꾸불꾸불한 누대의 가난을 지켜온
마을 어귀 당산나무의 부르튼 수피를
탈탈거리는 경운기 소리에
불쑥불쑥 피어오르는 마른기침 소리를
오래 보아 두거라
눈을 들면 앞산 뒷산
지천으로 꽃은 피는데
굵은 땀방울 아래 점점 아득해지는 세상을
뻐꾹새 우는 밤이 오면 달이 뜨고
그 달 아래 흙물 든 바지 둥둥 걷고
밥 냄새 달라붙은 집으로 흘러드는 풍경을
오래 보아 두거라
새 몇 마리 날아들고 날아가는

딱딱한 겨울 들판을
깊은 산골의 먼 데로 나부끼는
아궁이 속에서 타는 나무 소리를
바람이 불어오는 곳에서부터
바람이 잦아드는 곳까지
한눈팔지 말고
두 눈 똑바로 뜨고
오래 오래 보아 두거라

지리산 여객 버스

마천에서 산내로 가는 지리산 여객 버스는
소담스럽다
마실 나가는 아지매가 들고 온 이야기나
일 나가는 할매들 배낭에 묻은 이야기를
지리산 여객 버스는
스스럼없이 받아 안는다
묻지도 않은 이야기를 하더라도 버스는
어떻게 지냈냐는 안부를
대책 없이 던지더라도 버스는
부끄러울 것도 없고 자랑할 것도 없는
이 작고 작은 마을을
지리산 여객 버스는
설렁설렁 잘도 간다
치매끼가 들어 걱정이라는
아비의 이야기를 진담 반 농담 반 섞어
내게도 던지는 지리산 여객 버스는
함양군수 재선거 현수막이 붙은 마천농협을 지나서
북한 미사일 발사 위협을 들먹이는 세상을 지나서

내려앉은 한 뼘 햇살처럼 평온하게
경상도에서 전라도로 경계도 없이 간다
길가에 늘어진 노란 개나리도
얼마 남지 않은 벚꽃도
다 들릴 만큼 조용한 길 위에서
지리산 여객 버스는
쉬엄쉬엄 잘도 간다

삽질

뻣뻣한 몸으로
삽질을 하면
삽날은 들어가질 않고
헛힘만 들어간다
어찌 삽날이
땅속에 꽂히기도 하지만
숨어 있던 돌들에 부딪혀
더 이상 들어가지 않는
삽질을,
낮게 몸을 굽히지 않고
온몸으로 처박히지 않고
깊은 세상 속으로 들어가기가
얼마나 어려운가를
주름 깊은 땅이
먼저 안다

길 찾기

물 빠진 논바닥
장화는 쑥쑥
바닥으로 잘도 빠진다
한번 빠진 장화는
움직이지 않는다
앞으로 나아가지도 못하고
뒤로 빠져 나가지도 못하고
요지부동 길을 내주지 않는
뻘밭의 논바닥에서
길을 잃지 않고
몸 가까이 뭉쳐진 힘줄로
단단해진 후에야 바람을 견디는
바람을 견딘 후에야
비를 맞는 방법을 터득한
타오른 여름 한 철
묵묵히 살아온
벼를
생각한다

다행히도 나는

다행히도
날개가 없는, 부리도 갈퀴도 없는 나는
아직까지 잘 살아 있다
산내에서 마천으로 들어가는 입구
AI 방역초소에서 방역복을 입고 하릴없이
담배만 피우던 군청직원의 감시를
받은 적 없는 나는
멀고 먼 귀향의 시간을
날아 올라본 적 없는
저문 강가에 내려앉아
지친 날개를 접을 일 없었던 나는
아직까지 잘 살아 있다
치킨에 맥주 한잔 마시던 여름밤에도
소주에 오리 바비큐를 뜯어 먹던 겨울밤에도
아무 걱정 없이
배부르게 건너왔다
너덜너덜해진 뼈다귀로 남은 육식의 흔적을
심드렁한 눈빛으로 쳐다보면서

간혹 실패한 정치를 이야기하고
때론 두근거리던 연애를 곱씹으면서
편안하게 잘도 살아왔다
다행히도 나는

읽을 수 없는 말들

오래된 어머니의 일기는
몇 번을 읽어보려 해도
자주 눈앞이 흐려진다
받침 빠진 글자들 사이로
툭하고 떨어진 눈물이
아직까지 맺혀 있고
달라붙은 가난을 등짐처럼 지고 가는
구부정한 어깨가
욱신거리며 내 속으로 들어온다
꾹꾹 눌러 쓴 어머니의 주름이
누렇게 색이 바랜 채
가라앉아 있는 밤,
나는
읽을 수 없는 어머니의 말들을
눈뜬 봉사처럼
들여다보고만 있다

굴뚝

늘 곤란한 질문을 던지던
생의 계단을
오르고 올라 다다른
더 이상 올라갈 곳 없는
까마득한 하늘 아래
거기
고개를 꺾고
바라봐야 보이는
굴뚝은
몸뚱이밖에 믿을 게 없는
사람의 뒷모습처럼
막막하다
시계(視界)를 벗어난 쪽으로
밤새 뿌연 연기를 뿜어내던
지금은 멈춰선 시간이
물끄러미 비에 젖고 있는
굴뚝

강

저무는 강,
흐르는 물소리 곁에서
우두커니 서 있던 사람
강둑에 하얗게 피어 있던
복사꽃 그늘 아래
누군가를 기다리던 사람
낡은 다리 아래
고요히 물에 젖은 달빛을
건져 올리던 사람
탈탈거리던 경운기를
잠시 세워두고
흙물 든 담배를 피우던 사람
메마른 겨울 논으로
가끔 안부를 물으며 내려앉는
새들의 시린 발자국을 쳐다보던
푸석한 사람
기대어 살아왔던 곳에서
쫓겨나 더 이상 기댈 곳이

없어진 사람
그 모든
사람들이
아래로 흐르고 흘러
강이 된다

실상사 흰 배롱나무

다들
잠시 머물다 가더라도
실상사 삼층석탑 흰 배롱나무
한 번쯤은 고마워할 일이다
녹아내린 여름도 잊은 채
가지마다 하얗게 꽃등 밝히고 올리는
흰 배롱나무의 백일기도를
꽃등 위에 내려앉은 마음을 대신해서 올리는
흰 배롱나무의 지극정성을

옥상

때론 사는 게 답답해
한 번쯤
올라가보기도 하는
올라가 밑을 내려다보면
까마득히 어지럽던
담배를 피우는 남자들, 몇몇
낡은 구두코를 바라보며
한숨 같은 연기를 뱉어내던
멀리 어둠이 내려올 쯤
붉은 십자가
무섭게 눈을 번뜩이던
어느 곳에서 바라봐도
내려갈 계단 하나 없는
튼튼한 동아줄은커녕
썩은 동아줄 하나 내려오지 않는
옥상

은사시나무

아직,
은사시나무는 살아남았나

껑충한 얼굴로
메마른 먼지를 뒤집어쓴 채
내려앉은 새벽 한기를
머리에 이고 있던
은사시나무는

아직,
살아남았나

공사 현장으로 날아오르던 헬기소리
산길을 가로막고 선 출입금지 안내판
말뚝을 박고 철거 계고장을 들이밀던
폭염처럼 쏟아지던 폭력의 한때

은사시나무는

무사히
살아남았나

바람에 묻어나던 비명소리
어지럽게 흩어지고
파랑치던 주름들
힘에 부치던 기침소리
넘어지고 찢겨지던
고단한 날들

은사시나무는
아직
살아남았나

허기들

편의점에서 만나는
이른 아침의 허기들
공복의 깊은 시간을 뒤척이다
만나는 허기들은
다들
딱딱하게 굳어 있다
밤을 새워 지켜낸 공복이야말로
살아가는 힘이 된다는 듯
편의점 불빛들은
창백하도록 밝게 빛나고 있었다
슬그머니 계산을 하고
삼각 김밥을 목구멍으로 넘기고
슬그머니 가버린
수많은 허기들
그 허기들이
매번 똑같은 얼굴을 한 채
맞이하는 아침

공부

한번쯤
물소리 쪽으로 귀를 걸어두고
천리만리 흐르고 싶은 이유를
생각하는 것
겨울 밤
밥 짓는 연기와 피어 오르는 불빛과
함께 먹는 밥을 생각하는 것
부러진 나뭇가지로
집을 짓는 새들을 생각하는 것
오고 가는 바람 속에
묻어 있는 사연들을 생각하는 것
사람의 일과 땅의 일을
생각하는 것

바다

바다는
푸르게 멍이 들었다
멍이 든 몸으로
바다는
밀려가면서 한 번
밀려오면서 한 번
끝나지 않는 이별 앞에서
울고 또 울고 있다
기다리는 마음이 깊어
그리움이 쌓이면
출렁이는 몸을 이끌고
멀리 나가보지만
가도 가도
바다는
암초에 걸려
부서질 뿐이다
고통을 껴안은
바다는

타들어 가고 있을 뿐
말이 없다

저물어 가는 오후

창문이 덜컹거리는 소리를 듣고서야
알았네
지나온 자리마다 흔들렸던 이유가
바람 때문이 아니란 걸
낮은 골목 사이를
저물어가는 오후,
한때의 붉은 빛들이
뿌옇고 낡은 창문으로 들어오는 것도
습관적으로 찾아오는 게 아니란 걸
목을 꺾고
멀고 먼 하늘을 바라보면
가늠할 수 없는 슬픔은
감당할 수 없는 시간을
견뎌낸 사람의 회한이란 걸
알겠네
살아남아야 할 이유가
까마득하게 깊은 구렁으로 빠져드는
이 가을에

푸른 모

자박 자박
물 들어찬 논바닥
푸르고 여린
모
가지런히 꽂혀 있다
굽히지 않고선
만져지지 않는
오랜 통증의 들녘으로
스며드는
푸르고 여린
모

제3부

이 봄이 수상하다

쓸 수 없는 시를 써달라고
부탁받은 밤, 나는 아무래도
이 봄이 수상하다
목련은
생의 마지막으로 저무는데
벚꽃은
비에 젖어 짓이겨지는데
이 계절의 이름이
아무래도 나는,
수상하다
기다리던 사람을 기다리다
빛을 잃어버린 가로등 아래서
푸르게 돋아난 연둣빛 새잎이
아무래도 나는,
수상하다

그러니까 무엇일까

그는
간당간당한 이름조차
없다
배고픔을 증명할 수 있는
몸을 이끌고
흔적만 남아 있는
목 부근을
식은땀에 젖은 손으로
어루만질 뿐이다
하지만
목이 없어도
그는
밥을 먹고 일을 한다
심지어 가끔 농담을 하는
그는,
그러니까
무엇일까

돌아간다

점심시간,
친구 사이였던
옆 공장 베트남 노동자들은
담벼락 밑에서 숨어 있었고
양산에서 일을 하다
남편과의 해후를
유리벽 너머로 맞아야 할
그의 아내가 찾아와
그의 행방을 물었다
바람이 불어도 비가 와도
그의 행방을 묻지 않는 공장은
잡혀간 그의 자리를
기다려주지 않는다
지나간 시간은 잊혀질 뿐
공장은 아무 일 없이 돌아간다

골목길

이제
골목길엔
밤이 와도
서성이는 얼굴이 없다
서성이는 얼굴이 없어
기다리는 불빛도 없다
지나가다 찾아온 어둠도
속절없이
막막한 적막에 갇혀
오도 가도 못하고 있다

작심삼일

삼일을 견딘다고 무엇이 달라질까
기를 쓰고 담배를 끊는다고
아침 출근길이 가벼워질까
용을 쓰고 술을 끊는다고
퇴근길 처진 어깨에 힘이 들어갈까
인간이 되기 위해
마늘을 먹고 쑥을 먹고
캄캄한 동굴에서
백일을 견딘
곰 한 마리
쓸개에 빨대를 꽂힌 채
또 다시
허망한 작심삼일을 꿈꾸는가

처세술

공포로부터 배우자
두려움을 견디지 못한 말들은
쉽게 물 밑으로 가라앉는다
주위를 살피며 경계의 눈빛을
가진 말들만이
세상 틈으로 들어가 살아남는다
산으로 올라가
공포를 감추기 위해
세상을 내려다보는 건 무의미하다
공포를 만나면
공포와 한 몸이 되어라
설명하려고도
확인하려고도 마라
덜덜거리며 이빨을 부딪쳐도
거친 손바닥으로 눈물을 훔쳐도
소용없다

아름다운 시절

밑 빠진 독에 물을 붓던 시절
채워도 채워질 수 없는
아름다움이 버글되던 시절
티브이를 켜면 걱정과 염려로 무장한
보험 상품이 세상을 안심시키고
흐릿하게 알전구 켜진 집으로
배고픔을 매단 사람들이 늦은 귀가를 하고
매장당한 유골처럼 뼈만 남은 희망이
쏟아지는 폭우에 쓸려 내려가던 시절
좌절할 기력마저 없어 몸져눕기 바쁘던 시절
연민과 동정을 뒤섞어 뿌려대던 선무방송은
얼마나 아름다웠나
나라님도 구제하지 못한 가난을 탓하는 건
엄연한 반칙
바짓가랑이를 잡고 늘어지더라도
살아남는 게 절대선이 되는
아름다운 시절

하루를

새털같이 많고 많은 날의
특별하지 않던 날의
바람이 흐르던 날의
나무 사이 빛이 드나들던 날의
밤새 안녕 인사를 건네던 날의
밥은 먹은 건지 걱정하던 날의
하루를
보냈습니다
가만히
지구의 중력을 무시하듯
마음이 부풀어 오르던
고요하게 숨소리가 머물던
하루를
오래 오래
보냈습니다

단절

뒤도 돌아보지 않고 날아오를 때만
새들은
멀고 먼 하늘의 경계를 넘어간다
범람하는 두려움을 떨쳐내지 못하면
강은
건널 수 없는 절망의 증거가 된다
나무들도
얼어터진 겨울을 이겨내기 위해
미련 없이 잎사귀를 내려놓는다

기차

선무방송처럼 퍼붓는
눈보라를 헤치고
기차는
붉게 녹슨 레일 위를
달리면서
덜컹거리고 흔들린다
그러나
부딪치지 않으면 만날 수 없는
생(生)이 그렇듯
불안하지만
굉음을 내며
기차는
달린다
멈추지 않고

자리

망치질을 하던 자리
망치에 손가락 피멍 들던 자리
철근을 세우던 자리
무게를 견디지 못한 어깨가 있던 자리
가끔 담배도 피우던 자리
구겨진 채 밥을 먹던 자리
대마찌가 나던 자리
하루씩 굶기도 하던 자리
박살난 안전모가 있던 자리
구멍난 안전화가 있던 자리
새벽 조출로 피곤하던 자리
막 부려먹던 막노동의 자리
평생 남의 집만 짓던 자리
검게 탄 얼굴로 서 있던 자리
짧고 굵은 손마디로 출근하던 자리
굽은 뒷모습으로 퇴근하던 자리
일이 있던 자리
일이 끊긴 자리

삼만 원

툭 튀어나온 눈을 가진 아이
불룩하게 배가 나왔네
비비 꼬인 가늘고 긴 팔다리로 울고 있는
아프리카의 아이
아이의 엄마도 검게 울고
티브이 화면 밖 전쟁은 어쩔 수 없는 일
나도 너도 책임 없으니
한 달 삼만 원 입금이면
오늘부터
당신은 박애주의자

그 말들이 돌아오는 시간

허름한 동네 어귀에도
쓰러져가는 담벽 아래에도
바삐 오가는 사람들의 사거리에서도
담배 연기 가득한 술집에서도
그 말들이 돌아왔다
쭈그려 앉아 라면을 끓이는 순간에도
방구석을 울리는 텔레비전에서도
말들은 끝도 없이 터져나온다
그 말들,
뜨겁지도 않고 차갑지도 않다
왼쪽에 앉아서 오른쪽을 신경 쓰고
오른쪽에 앉아서 왼쪽으로 눈이 쏠리는
그 말들은
목구멍과 뱃가죽을 간질이며 흐른다
집권여당의 실정에 대해 이러쿵
야당의 수권능력에 대해 저러쿵
알 수 없는 진보에 대해 쑥덕쑥덕
두둥실 차오른 말들이

저무는 세상을 가린다

상가(喪家)의 밤

그래도
삶은 계속된다는 듯
개장국에 밥을 만 사람들의
붉은 잇몸이 보이는
상가(喪家)의 밤,
구겨진 운동화며 꺾인 구두도
헐레벌떡 뛰어온 가쁜 숨을
접어두고 널브러져 있는 시간
이 아득한 시간을 채우는 건
살아 있어야 할 또 다른 이유들
그 이유들이 어우러져
우울한 세상을 건너가고 있음을
술에 취한 목소리로
중얼거리는
상가(喪家)의 밤

눈은

불 꺼진 방에도
불 켜진 방에도
나무와 나무 사이에도
거리와 거리 사이에도
돌아서는 뒷모습 위로도
흔들리는 눈빛 속으로도
바람이 부는 방향으로도
바람이 멈춰 선 곳으로도
얼어붙은 하늘 밑으로도
깜빡이는 담뱃불 위로도
지나간 발자국 위로도
누군가 울고 있던 밤에도
눈은
내린다

11월

적막과 함께
비는
홀
홀
단
신
내린다
잠시
울고 있던 새도
누군가 쭈그려 앉아 뱉어내던
담배 연기에 날아가고
새가 날아간 마른 가지에 남아
흔들리던 떨림도 잠잠해진다
삼동(三冬)의 추위 앞에
숨길 수 없는 걱정들이
우수수 쌓인다

이별

이해할 수 없는 말들로
기다리던 사람의 손을 놓아버린 날들이
안개 넘치던 거리 뒤로
지워지고 있습니다
나뭇가지를 드러낸 겨울은
자주 부러지고
부러진 나뭇가지에 찔린 상처는
아물 날 없이 깊어져 갔습니다
헤어짐이 왜 눈물로 이루어진 것인지
잘 모르는 사람들의 봄은
얼마나 요란하게 다가올까요
보내고 나서 눈물을 흘리는
남아 있는 자의 뒷모습,
그건 또 얼마나 힘든 일인지요
다시 몇 번의 겨울이 시작되고
별무리 가득한 밤하늘 위로
얼굴 하나 보입니다

크고 멋진 사람들

크고 멋진 사람들이 산내에 댐을 만든다는데 큰일이다
산내 사람들은 얼굴도 작고 키도 작고 가진 것도 작다
산내초등학교 아이들도 산내중학교 아이들도 어른들을 닮아 작다
어른들은 고사리 고추 양파도 심고 손바닥만 한 논에 쌀 농사도 짓지만 겨우 먹고살 정도다
산내초등학교 운동장에서 할머니 할아버지 모시고 경로잔치도 하고 운동회도 하지만
시끄럽게 사는 건 체질에 맞지 않아 다들 조용하게 살고 있다
일이 끝나면 고래쉼터나 계동치킨에서 만나 술 한잔씩 하며 아이들 이야기와 농사 이야기를 하면서 살아가는 산내 사람들
FTA 반대 쌀 개방 반대 현수막이 붙은 면사무소 주변처럼 어수선한 마을에 댐까지 만든다 하니 산내 사람들, 탄저병 걸린 고추처럼 시꺼멓게 타들어간다
크고 멋진 사람들은 크고 멋진 자가용을 타고 크고 멋진 옷을 입고 크고 멋진 사무실에서

크고 멋진 회의를 하고 크고 멋진 밥을 먹고 술을 먹으면서 크고 멋진 대한민국을 꿈꾸지만

산내 사람들에게 한 번이라도 크고 멋진 대접 한 번 한 적 없었다

크고 멋진 게 뭔지 잘 모르는 산내 사람들은 이해가 되지 않는다

그렇게 댐이 좋으면 크고 멋진 서울이나 청와대 앞에다 댐을 만들어 각국 정상들을 초대해 만찬도 하고 뱃놀이도 하고 낚시도 하면서 국격을 높이면 될 것을 왜 조용한 마을에 크고 멋진 댐을 만든다는지 이해가 되지 않는다

마을 어귀 당산나무도 가끔 만수천을 헤엄쳐오는 수달도 해 떨어진 겨울 하늘 위로 피어오르던 밥 짓는 연기의 따스함도 크고 멋진 사람들의 생각을 이해할 수 없단다

연애 시(詩)

비 그친 길 위
구불구불
주름을 온몸에 두른
지렁이 한 마리
어디를 가나
저 느려터진 걸음으로
기어코 가야 할 곳은
어디인가
네게로 향하고 있는
내 마음에 묻는다

발문

답장

박수규

1.

신 시인, 요즘 어떻게 지내시오?

그렇게 물으면서 신 시인이 보내온 시들을 읽었습니다. 눈으로 읽고, 소리 내어서 읽고, 학원에서 아이들 기다리면서 읽고, 집에 와서 잠들기 전에 잠시 읽고, 그마저도 며칠째 손 못 대고 모셔 두었다가 새벽에 문득 잠 깨어 읽으면서, 조금씩 "지렁이"처럼 "느려터진 걸음으로" 시에게 다가갔지요. 아니 신 시인을 찾아나섰다는 게 맞겠군요.

저무는 강,

흐르는 물소리 곁에서

우두커니 서 있던 사람
강둑에 하얗게 피어 있던
복사꽃 그늘 아래
누군가를 기다리던 사람
낡은 다리 아래
고요히 물에 젖은 달빛을
건져 올리던 사람
탈탈거리던 경운기를
잠시 세워두고
흙물 든 담배를 피우던 사람
메마른 겨울 논으로
가끔 안부를 물으며 내려앉는
새들의 시린 발자국을 쳐다보던
푸석한 사람
기대어 살아왔던 곳에서
쫓겨나 더 이상 기댈 곳이
없어진 사람
그 모든
사람들이
아래로 흐르고 흘러
강이 된다

—「강」 전문

"그 모든 사람들"이 신 시인이군요. 하던 일 잠시 멈추고 사색에 빠진 순간, 신모 씨 속에 숨어 있던 시인이 활동하는 순간의 정지 화면이군요. 시인이 살고 있는 산골의 모습이 배경으로 박혀 있는 스틸 사진들, 그러나 멈추어 있지 않고 흐르고 흘러 사람들 속으로 섞여 들어가는 게 삶이지요. 비슷한 배경에서 찍은 듯한 사진이 한 장 더 있군요. 요즘 신 시인의 생활 풍경 중에서 가장 부러운 대목입니다.

한번쯤
물소리 쪽으로 귀를 걸어두고
천리만리 흐르고 싶은 이유를
생각하는 것
겨울 밤
밥 짓는 연기와 피어 오르는 불빛과
함께 먹는 밥을 생각하는 것
부러진 나뭇가지로
집을 짓는 새들을 생각하는 것
오고 가는 바람 속에
묻어 있는 사연들을 생각하는 것
사람의 일과 땅의 일을
생각하는 것

—「공부」 전문

물론 그곳의 생활이 맨날 이렇지는 않겠지요. 스틸 사진이나 안부 편지로 담아낼 수 있는 것은 아주 작은 거울 조각 몇 개일 뿐일 테지만, 그래도 이런 사진 한두 장 건진다는 게 쉬운 일이 아니지요. 잘 지내는 것 같아서 반갑습니다.

2.

신 시인이 예전에 "기대어 살아왔던 곳"(「강」) 성서공단의 어느 모퉁이, 내가 살다가 야반도주하듯 팽개치고 나온 경주의 어느 학원가, 누군가 인연보다 무거운 책가방을 메고 타박타박 걸어올라간 15층 아파트 꼭대기의 모습입니다.

때론 사는 게 답답해
한 번쯤
올라가보기도 하는
올라가 밑을 내려다보면
까마득히 어지럽던
담배를 피우는 남자들, 몇몇
낡은 구두코를 바라보며

한숨 같은 연기를 뱉어내던
멀리 어둠이 내려올 쯤
붉은 십자가
무섭게 눈을 번뜩이던
어느 곳에서 바라봐도
내려갈 계단 하나 없는
튼튼한 동아줄은커녕
썩은 동아줄 하나 내려오지 않는
옥상

—「옥상」 전문

과거 시제로 서술된 절망의 형상들, 이 옥상에서 내려온 신 시인은 이제 출구를 찾았나요?

아니지요. 아직은 "이른 아침의 허기들"을 "편의점에서 만나"(「허기들」)고, 뱉어야 하는 말들은 "목구멍을 올라오지 못하"고 "자꾸 미끄러지고"(「몸들」), 만나고 소통하고자 "출렁이는 몸을 이끌고" 나가보지만 "암초에 걸려 부서질 뿐"(「바다」)이고, 결국 모기보다 더 "보잘것없는" "내 패배한 숨소리"(「모기」)를 확인할 뿐입니다. 또한 아직은 "쌓이지도 흩날리지도 못한/눈들을 머리에 이고 있던/말라비틀어진 나무"(「세한」)처럼, 혹은 "돌아와도 반길 이 하나 없는/떠도는 마음들을/작은 부리에 물고서" "가지 끝에 앉을 새도 없이" "까마득한 하늘을 날아가"(「세한 · 2」)는 새처럼 두렵고 불안한 마음으로 겨울을 맞이해야 합니다.

적막과 함께
비는
홀
홀
단
신
내린다
잠시
울고 있던 새도
누군가 쭈그려 앉아 뱉어내던
담배 연기에 날아가고
새가 날아간 마른 가지에 남아
흔들리던 떨림도 잠잠해진다
삼동(三冬)의 추위 앞에
숨길 수 없는 걱정들이
우수수 쌓인다

—「11월」 전문

3.

신 시인은 요즘 어떤 생각을 하며 지내시오? 나는 어쭙잖게도 "말들만 무성한 가지를 뻗어내고 있"고 "의지만 풍성히 뿌리를 내리고 있는 성명서"(「성명서」)에 묻혀 지내며 "요지부동 길을 내주지 않는/뻘밭"(「길 찾기」)을 헤매는 중입니다. 때마침 신 시인의 시어 몇 구절 죽비처럼 머리 위에 떨어지는군요. "낮게 몸을 굽히지 않고/온몸으로 처박히지 않고/깊은 세상 속으로 들어가"(「삽질」)려는 내 안일함을 돌아보고, "몸 가까이 뭉쳐진 힘줄로/단단해진 후에야 바람을 견디는/바람을 견딘 후에야/비를 맞는 방법을 터득한"(「길 찾기」) 벼에게서 묵묵히 길 찾는 법을 배웁니다. 시를 읽는 맛이 이런 거지요. 나는 기승전결 따지면서 시 읽는 법은 모릅니다. 인생의 어느 가파른 고갯길에서, 혹은 어느 후미진 골목길 모퉁이에서 시인이 건져올린 시어들이 지금 내 손 안에 들어와 파닥이는 느낌, 그 속에서 기쁨과 즐거움, 경이로움을 맛보고, 위안과 깨우침, 그리고 새로운 힘을 얻습니다.

물론 다 안다고는 못하겠으나 내가 아는 시인 신경현은 대체로 "더 이상 올라갈 곳 없는" "굴뚝"(「굴뚝」) 위에 설 수밖에 없었던 "그 남자"(「그 남자」) 곁에 함께 서 있거나, 송전철탑 공사장의 아비규환 속에 "껑충한 얼굴로/메마른 먼지를 뒤집어쓴 채/내려앉은 새벽 한기를/머리에 이고 있던/은사시나무"(「은사시나무」)의 안부를 묻는 모습이지요. 그런데 평소의 신 시인답지 않은 낯선 결기가 묻어나는 시가 하나 있군요.

뒤도 돌아보지 않고 날아오를 때만
새들은
멀고 먼 하늘의 경계를 넘어간다
범람하는 두려움을 떨쳐내지 못하면
강은
건널 수 없는 절망의 증거가 된다
나무들도
얼어터진 겨울을 이겨내기 위해
미련 없이 잎사귀를 내려놓는다

—「단절」 전문

그래서 지리산 골짝에 살고 있는 시인에게 새삼스럽게 묻는 겁니다. 신 시인은 요즘 어떤 생각을 하며 지내시오?

4.

신 시인이 연애를 한다는 소문이 반가웠습니다. 그래서 사실은 말랑말랑한 시들을 기대했었지요. 그런데 신 시인의 연애 시는 "비 그친", "구불구불/주름을 온몸에 두른" 등등 별로 연애스럽지 못한 이미지들로 가득 차 있군요. 혹시 "느려터진" "지렁이"의 걸음으로 "기어코 가야 할 곳"(「연애 시」)을 향하는 처절한 연애를 하고 있나요? 부디 스스로 고백한 연애의 초심을 간직하시기를…….

가만히
지구의 중력을 무시하듯
마음이 부풀어 오르던
고요하게 숨소리가 머물던
하루를
오래 오래
보냈습니다

—「하루를」 중에서

그리고 나 또한 신 시인과 더불어 공명하고 연대하고 감사하는 하루를 보낼 수 있기를…….

다들
잠시 머물다 가더라도
실상사 삼층석탑 흰 배롱나무
한 번쯤은 고마워할 일이다

녹아내린 여름도 잊은 채
가지마다 하얗게 꽃등 밝히고 올리는
흰 배롱나무의 백일기도를
꽃등 위에 내려앉은 마음을 대신해서 올리는
흰 배롱나무의 지극정성을

—「실상사 흰 배롱나무」 전문

박수규 | 희년공동체 대표

추천사

분노를 넘어서는 사랑

장병관

이번 시집 『당부』에서 신경현은 길찾기를 하고 있는 듯하다. 전작의 시들에서는 현실의 고통을 고스란히 자신의 고통과 아픔으로 일체시하며 세상에 대한 혹은 주변의 모든 사물들에 대한 분노가 가득했다면, 『당부』에서는 여전히 슬픔과 아픔이 있되 분노는 보이지 않는 것 같다.

분노란 가장 원시적이며 본능적인 인간 감정의 저항의 표현이다. 하기에 분노는 필요하되 분노로 세상을 바꿀 수는 없다. 분노를 넘어선, 분노를 품고 앞으로 나아갈 수 있는 것은 상투적이지만 사랑이다.

시인이 보는 현실은 여전히 메마른 기침 소리가 들려오고 긴 한숨이 일상으로 자리하고 소주병과 "담배 연기 자욱한 골방"으로 표현되는, 친절보다는 "불친절이 먼저" 찾아오는 인간과 노동의 소외가 자리하는 천박한 자본주의이다. 방폐장과 댐 건설로 자본의 이익을 대변하되 "칠십팔만 년"이라는 인간이 헤아릴 수 없는 그 억겁의 세월 동안 단 한 번이라도 주름진 민중의 고통을 헤아릴 수 없는 자멸의 길로 나아가는 공포의 자본주의 현실이다.

성서공단노동조합에서 활동하며 비정규직과 이주노동자들과 함께 살아온 그에게 보이는 현실은 당연한 것이다.

그런 시인이 어느 날, "성명서"를 통해 자신의 입장을 밝히고 귀촌이라는 방식으로 지리산으로 들어갔다.

"단절"은 시인 스스로가 말하기 전에 주위에서 먼저 들려온 말들이다. 배신과 포기 혹은 이기주의 등으로 점철되는 고루한 비난들을 솔직하되 연약한 시인의 감성은 허망한 "작심삼일을 꿈꾸는" 게 아닌지 회의도 하고 "부딪히지 않으면 만날 수 없는 생이 그렇듯" "멈추지 않고" 달리고 싶어도 한다.

"다행히도 나는" "편안하게" 살아왔음을 고백도 하고 어설픈 "삽질"을 하고 "오도 가도 못하"는 "막막한 적막에 갇혀" 있는 자신을 드러내 보이기도 하지만, 마침내 "두려움"과 "절망"을 넘어 "얼어터진 겨울을 이겨내기 위해 미련 없이 잎사귀를 내려놓"은 나무들을 보며 "단절"을 선언한다.

늘상, 시가 별게 아니라는 시인의 솔직함과 건방스러움

이 부담스러웠지만 "사람의 일과 땅의 일을/생각하는 것"이 "공부"라는 그의 생각을 접하고 나면 많이도 부끄러워지게 된다. 누가 자신의 생각을 가감 없이 이리도 단순하고 직설적으로 표현할 수 있는가? 화려한 수사와 언어의 논리를 가지고 부리는 마술이나 장난 따위는 보이지 않는다. 그때그때 다른 감정처럼 그때그때 솔직히 표현을 해내는 것이다.

솔직하다고 사는 게 편하기만 한 것은 아니다. 오히려 사는 게 더 힘들고 답답한 일일 것이다. "썩은 동아줄 하나 내려오지 않는/옥상"에서 내려다보는 우리들의 현실은 "삼동의 추위 앞에/숨길 수 없는" 현실의 "걱정들이/우수수 쌓"이기 마련이고, "일이 있던 자리"가 일이 없는 자리로 바뀔지도 모르는 불안함의 연속선상에 여전히 놓여 있는 것이다.

고백과 솔직함으로 드러나는 시집 『당부』는 예전과는 확연히 다른 시인 자신의 겉과 속을 그대로 드러내고 있는 자화상이다. 나, 이렇게 살고 있음을 선언하는 것이다.

이제, 시인은 "연애 시"를 쓴다. 아직은 당당히 나아가진 못하고 자신을 "지렁이"에 비유하지만, 자신을 비하하는 것이라기보단 어린애가 네 발로 기어다니는 현실과 같은 것일 게다. 허나, 그 "느려터진 걸음으로" 온몸으로 나아가는 곳이 "네게로 향"한다고 분명히 방향을 밝히고 있다. 때

로는 한마디 인사 하나로, 때론 밥을 잘 먹었는지 하는 걱정 하나로 "하루를/오래 오래/보"내기도 한다고, 그렇게 한 사람을 사랑한다고 솔직히 말하고 있다.

분노를 넘어서는 사랑은 여유가 있다. 그 여유는 그의 다른 시에서 잘 드러난다. 지금 시인은 "지리산 여객 버스"처럼 "스스럼없이 받아안"고 있다. "쉬엄쉬엄" 쉬어가면서, 분노를 안고 있지만 사랑으로 그 분노를 넘어서기 위해 화이부동의 세상을 향해 경계 따위에 대한 두려움 없이 나아가고 있다.

생각이 다르다는 이유로, 입장과 사상이 다르다는 이유로 동지들을 적으로 내몰아대곤 했던 비난들을 다 어찌할 것인가? 뱉어낸 말들은 그냥 잊혀지기만 하면 되는 걸까? 누가 책임을 지는 걸까? 이런 질문들에 대해 고백을 하면서, 시인은 그렇게 당부를 하고 있다.

"오래 오래 보아 두거라"

하지만 이 당부는 분명 남에게 하는 당부가 아니라 자신에게 하는 말이라는 것을 우리는 알게 될 것이다.

장병관 | 사회연대 쉼터 인드라망 집행위원장

시인의 말

살면서 많은 걸 배운다.

기억하고 싶은 것과 말하고 싶은 것만으로

규정 짓기엔 세상은 단순하지 않다.

배우고 익히고 실천하고 싶지만 잘 될지 모르겠다.

부족한 글을 책으로 엮어주신 한티재 출판사와 역시 부족한 후배를 성원해준 해방글터 동인들에게 감사의 말을 전한다.

신경현

신경현 시집
당부

초판 1쇄 발행 2014년 12월 8일

지은이 신경현
펴낸이 오은지 **펴낸곳** 도서출판 한티재 **등록** 2010년 4월 12일 제2010-000010호
주소 706-821 대구시 수성구 달구벌대로 492길 15
전화 053-743-8368 **팩스** 053-743-8367
전자우편 hantibooks@gmail.com **블로그** www.hantibooks.com

ISBN 978-89-97090-37-2 03810
책값은 뒤표지에 있습니다.

이 도서의 국립중앙도서관 출판예정도서목록(CIP)은 서지정보유통지원시스템 홈페이지
(http://seoji.nl.go.kr)와 국가자료공동목록시스템(http://www.nl.go.kr/kolisnet)에서
이용하실 수 있습니다. (CIP제어번호: CIP2014034354)